Rhiannon Wyn Salisbury

ac

Elin Vaughan Crowley

Diolch i Nain a Taid
Ty'n y Pwll, Dinas Mawddwy

Cyfres Celt y Ci – Rhif 1

Argraffiad cyntaf: 2023

Dyluniwyd gan Richard Huw Pritchard

Dymuna'r cyhoeddwyr gydnabod cymorth ariannol
Adran Addysg Llywodraeth Cymru

Cynllun y clawr: Richard Huw Pritchard

Rhif Llyfr Rhyngwladol: 978 1 80099 456 0

Cyhoeddwyd ac argraffwyd yng Nghymru gan
Y Lolfa Cyf., Talybont, Ceredigion SY24 5HE
gwefan: www.ylolfa.com
e-bost: ylolfa@ylolfa.com
ffôn: 01970 832 304

Celt y ci

Fferm y Ffridd

 fferm Celt y ci

Mae Celt y ci yn byw yn Fferm y Ffridd.

clos

Mae Celt y ci ar glos y fferm.

Helô, Celt y ci. Mae Celt y ci yn Fferm y Ffridd. Helô, Celt y ci.

cath

Mae cath ar y clos.

Mae cath ar y clos
gyda Celt y ci.

iâr

Mae iâr ar y clos.

Mae iâr ar y clos gyda Celt y ci.

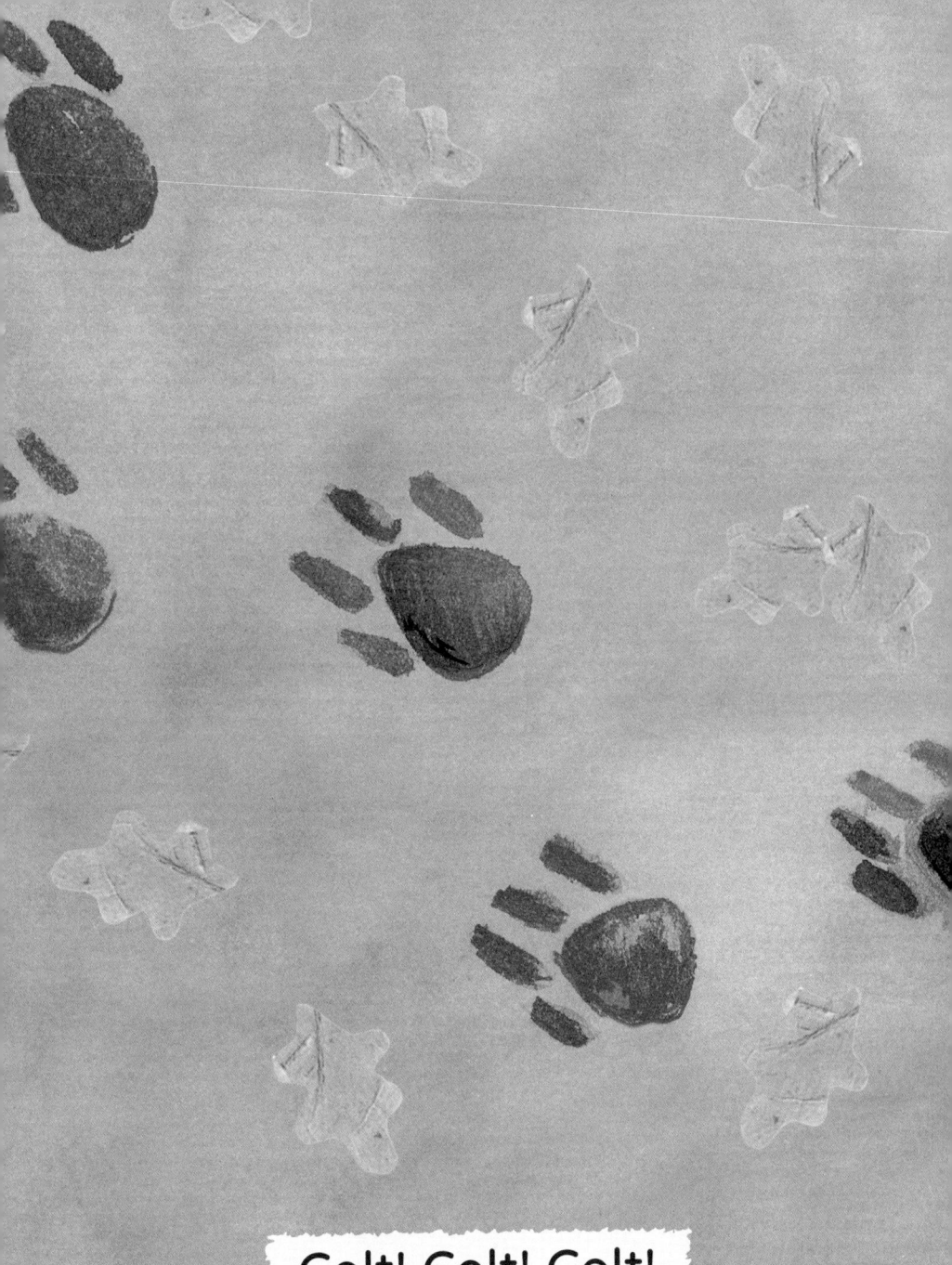

Celt! Celt! Celt!

Ble wyt ti? Ble wyt ti?

Celt! Celt! Celt!

Ble wyt ti? Ble wyt ti?

Dere! Dere! Dere!

Mae cath ar y clos
ac mae iâr ar y clos.

Iori

Dyma Iori y ffermwr.

Helô, Celt. Helô, Celt y ci.

Mae Celt y ci yn hapus.

swper

swper Celt y ci

Celt y ci, dyma swper.

Celt y ci, dyma swper.
Dyma ti.

tractor

Mae Iori y ffermwr ar y tractor.

Mae Celt y ci ar y clos.

Hwyl fawr. Hwyl fawr
am nawr, Celt y ci.

Geiriau allweddol

Tudalen

3. Celt y ci
4. Fferm y Ffridd
5. –
6. mae, yn byw
7. ar glos (clos)
8. helô
9. cath
10. gyda
11. iâr
12. –
13. –
14. ble wyt ti
15. –
16. –
17. dere
18. ac
19. dyma, Iori y ffermwr
20. –
21. yn hapus
22. swper
23. –
24. ti
25. tractor
26. –
27. hwyl fawr, am nawr

Cyfieithiad Saesneg
English translation

21. Celt the dog is happy.

22. Celt the dog's supper

23. Celt the dog, here's supper.

24. Celt the dog, here's supper. Here you are.

25. Iori the farmer is on the tractor.

26. Celt the dog is on the farmyard.

27. Goodbye. Goodbye for now, Celt the dog.

Holwch am bris argraffu!
www.ylolfa.com